পদ্মশ্রী প্রাণ

ন্তওয়ান্ড এন্‌সাইক্লোপীডিয়া অফ্‌ কমিক্‌স্‌দ-য়ের এডিটর মরিস হর্ন কার্টুনিস্ট প্রাণকে ন্তওয়ান্ট ডিজনী অফ্‌ ইণ্ডিয়ান্দ আখ্যা দিয়েছেন। ওনার রচিত কমিক্‌স প্রজন্মের-পর-প্রজন্ম ধরে দেশের নবযুবকদের সাথী হয়ে থেকেছে। তারা প্রাণের সৃষ্ট চরিত্র চাচা চৌধুরী, সাবু, শ্রীমতি জী, পিঙ্কী, বিল্লু, রমন ইত্যাদির মনোরঞ্জনের ভরপুর আনন্দ উঠিয়েছে। ওনার ফওও-রও বেশী টাইটল্‌স মার্কেটে বিক্রী হচ্ছে এবং স্ট্রিপ্‌স্‌ বেশ কিছু ন্যুজ পেপার্সে প্রকাশিত হচ্ছে। চাচা চৌধুরীর ওপরে তৈরী টি.ভি. সিরীয়াল লাগাতার ঠওও এপিসোড পর্যন্ত এক প্রমুখ টি.ভি.চ্যানেলে দেখানো হয়েছে। বিশ্বের বেশ কিছু দেশে সফর করা, সেখানকার কন্‌ফারেন্সগুলোয় কার্টুন্‌সের ওপরে বক্তব্য প্রদানকারী প্রাণকে ন্তলিমকা বুক অফ্‌ ওয়ান্ড রেকর্ড ন্তদ ন্তপীপল অফ্‌ দ্য ইয়ার্দ সম্মানে সম্মানিত করেছে। ঈঅধ্ট সালে ওনার কমিক বুক – ন্তরমন, হম এক হ্যায়ন্দ-য়ের বিমোচন দেশের তৎকালীন প্রধানমন্ত্রী শ্রীমতি ইন্দিরা গান্ধী করেছিলেন।

– প্রকাশক

বিল্লু মূর্তিশিল্পী

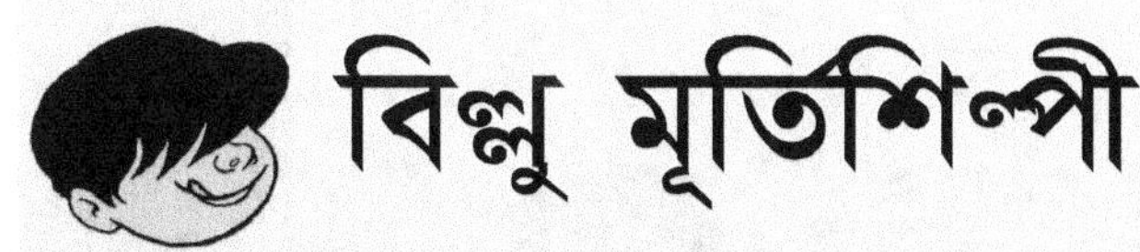

এসো।

এই মূর্তিটার ফিনিশিং টাচ করতে আমাকে সহায়তা করো।

শাবাশ... ভালো হচ্ছে।

তুমি এক দিন বিখ্যাত মূর্তিশিল্পী হবে।

এবার এই মূর্তি পুরোপুরি তৈরী।
কাল মন্ত্রী মহাশয় এর উদ্ঘাটন করবেন।

তুমি এই মূর্তিটা কোন কাপড় দিয়ে ঢাকা দিয়ে দাও... আমি এখুনি আসছি।

ওহো !

এটা তো অত্যন্ত খারাপ হল। এবার কি করি ?

মাথা খাটাতে হবে।
নয়তো সব কিছু গড়বড় হয়ে পড়বে।

ঢেকে দিয়েছ... শাবাশ !

পরের দিন...!
মন্ত্রী মহাশয়! আসুন, মূর্তির উদ্ঘাটন করুন!

এ কী ?

এসব কি ?

এমন মূর্তি তো আমি আগে কখনো দেখিনি।
সর্বনাশ !

বাহ... কি সুন্দর আর্ট!
!!

এই অদ্ভূত মূর্তি বানানোর জন্য তোমাকে পুরস্কৃত করা হচ্ছে।

এই পুরস্কার আসলে তোমার প্রাপ্য, বিল্লু!

তুমি আজ থেকেই বিখ্যাত মূর্তিশিল্পী হয়ে গেছ!

প্রা ০১
চাচা চৌধুরী
আর
কুম্ভ মেলা
কুম্ভ স্পেশাল
প্রয়াগরাজ
2019
মকর সংক্রান্তি ১৫ জানুয়ারী, ২০১৯
পৌষ পূর্ণিমা ২১ জানুয়ারী, ২০১৯
মৌনী অমাবস্যা ০৪ ফেব্রুয়ারী, ২০১৯
বসন্ত পঞ্চমী ১০ ফেব্রুয়ারী, ২০১৯
মাঘ পূর্ণিমা ১৯ ফেব্রুয়ারী, ২০১৯
মহা শিবরাত্রি ০৪ মার্চ ২০১৯

চাচা চৌধুরী আর কুম্ভ মেলা

www.chachachaudhary.com

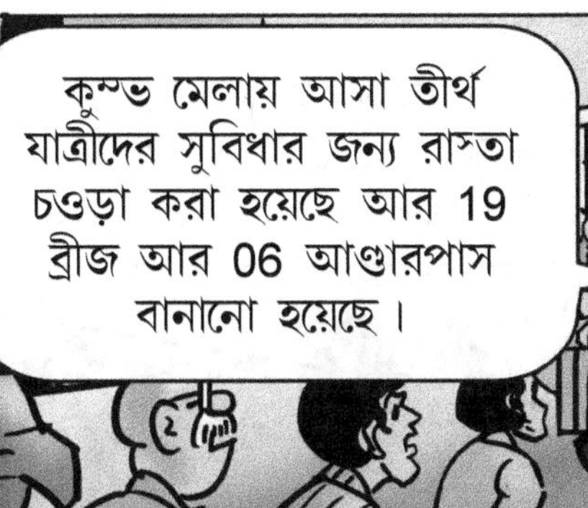

কুম্ভ মেলায় আসা তীর্থ যাত্রীদের সুবিধার জন্য রাস্তা চওড়া করা হয়েছে আর 19 ব্রীজ আর 06 আন্ডারপাস বানানো হয়েছে।
কুম্ভ মেলা

এবার কুম্ভ মেলার আয়োজন প্রায় 3200 হেক্টর ক্ষেত্রে করা হয়েছে... যেটাকে 20 ভাগে ভাগ করা হয়েছে।

প্রথমে অমর হওয়ার জন্য কুম্ভ কলস প্রাপ্ত করতে দেবতা আর রাক্ষসদের মধ্যে যুদ্ধ হয়েছিল।

অমৃত কলস নিয়ে যাওয়ার সময় ভগবান বিষ্ণুর হাত থেকে কয়েক ফোঁটা অমৃত চারটি স্থানে পড়ে গিয়েছিল।
সেই সব জায়গায় কুম্ভ মেলার আয়োজন করা হয়।

নমস্কার, চাচা চৌধুরী!

চাচাজী! এবার প্রয়াগরাজ কুম্ভ 2019-তে প্রায় 12 কোটি তীর্থযাত্রীদের আসার সম্ভাবনা রয়েছে।

প্রয়াগরাজ কুম্ভ - 2019 দুনিয়ার সব থেকে বড়, সুন্দর এবং আধ্যাত্মিক মেলা হিসেবে প্রসিদ্ধ!

এত বেশী সংখ্যক তীর্থযাত্রীদের জন্য 1,22,500 শৌচালয় বানানো হয়েছে... 20,000 ডাস্টবিন রাখা হয়েছে।

অর্দ্ধ কুম্ভ প্রতি 06 বছর আর মহাকুম্ভ 144 বছর পরে আয়োজিত হয়।

যাত্রীরা কুম্ভ শাট্‌ল বাস বা ই-রিক্সায় ঘুরতে পারবেন।

এখানে 24 ঘন্টা লাইট, জল, ব্যাংক, পার্কিং আর এ.টি.এম. সুবিধার ব্যবস্থা রয়েছে।

ATM

সাবু! তুমি এখানে লেজার লাইট এ্যাণ্ড সাউণ্ড শো আর বিভিন্ন প্রকারের সুস্বাদু খাবারের আনন্দ ওঠাতে পারবে।

www.chachachaudhary.com

কুম্ভের জন্য উত্তর প্রদেশ সরকার 4200 কোটি টাকা মঞ্জুর করেছেন... যোগি 2013 সালের কুম্ভের থেকে 03 গুণ বেশী

সাবু... এ লোকটাকে ধরো !
হুবা ! হুবা ! ! তুমি এই কুম্ভ মেলাকে কলঙ্কিত করতে পারো না।
গোরাকে কেউ-ই বাধা দিতে পারে না।

সাবু... ফর্মুলা নং 265!

ওহো... বাঁচাও !

শের সিং কুম্ভ মেলাকে বদনাম করতে চাইছিল।

একে জেলে পৌঁছে দিতে হবে।

শের সিং এটা ভুলে গিয়েছিল যে, এই বছর কুম্ভ মেলায় কড়া সুরক্ষা ব্যবস্থা করা হয়েছে !

কুম্ভ মেলায় ডাকটিকিট উন্মোচন !

13

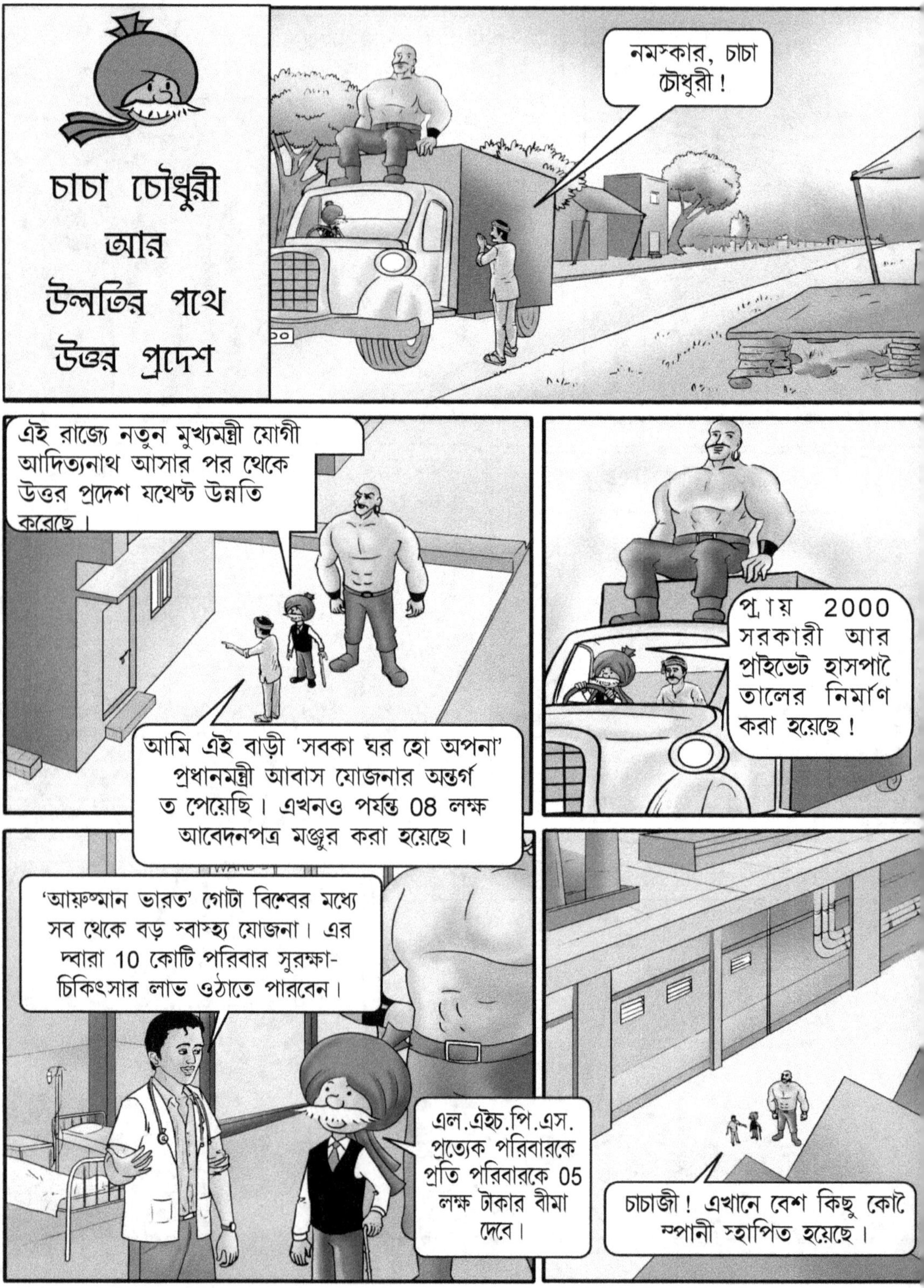

চাচা চৌধুরী আর উন্নতির পথে উত্তর প্রদেশ

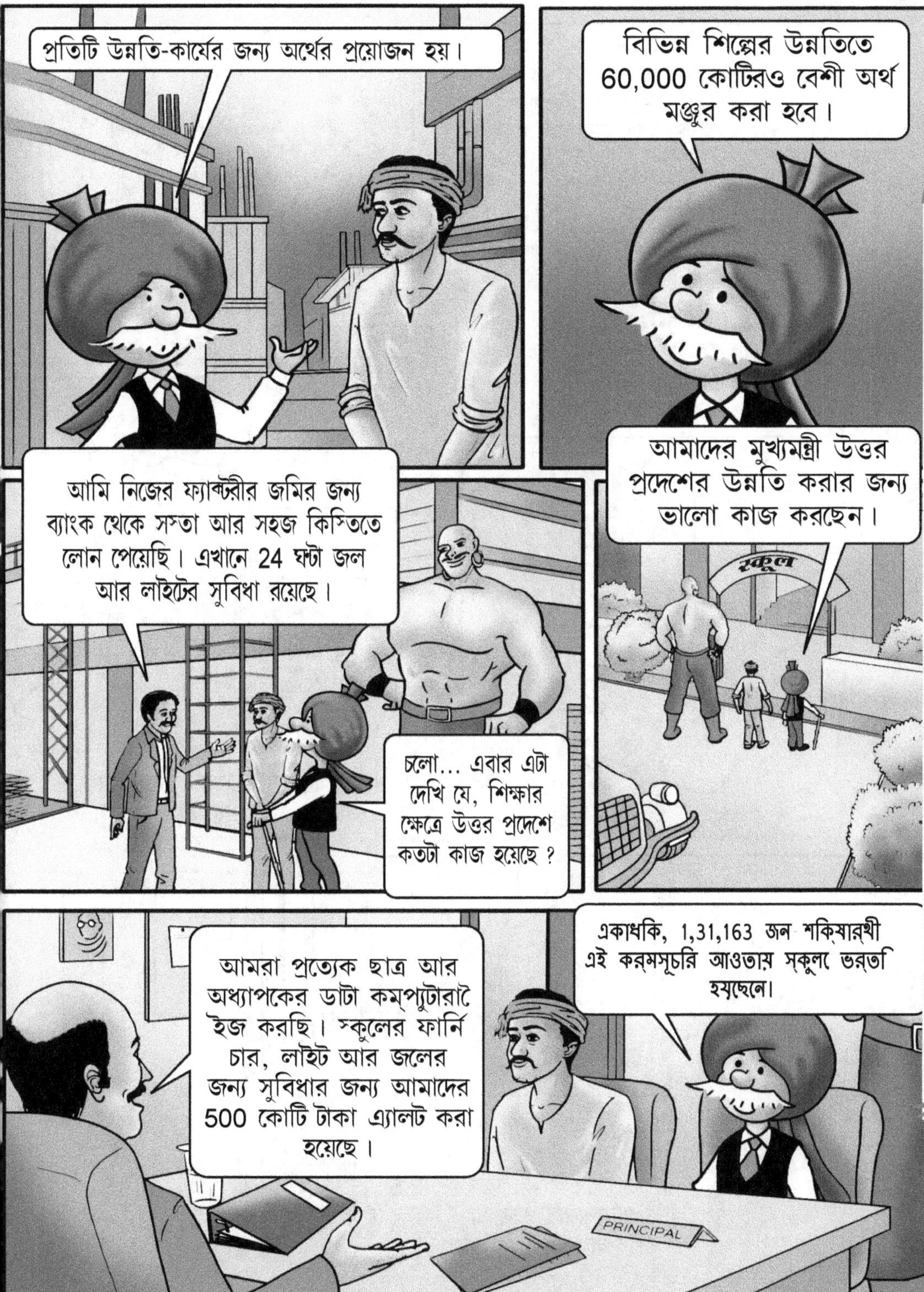

প্রতিটি উন্নতি-কার্যের জন্য অর্থের প্রয়োজন হয়।

বিভিন্ন শিল্পের উন্নতিতে 60,000 কোটিরও বেশী অর্থ মঞ্জুর করা হবে।

আমি নিজের ফ্যাক্টরীর জমির জন্য ব্যাংক থেকে সস্তা আর সহজ কিস্তিতে লোন পেয়েছি। এখানে 24 ঘণ্টা জল আর লাইটের সুবিধা রয়েছে।

আমাদের মুখ্যমন্ত্রী উত্তর প্রদেশের উন্নতি করার জন্য ভালো কাজ করছেন।

স্কুল

চলো... এবার এটা দেখি যে, শিক্ষার ক্ষেত্রে উত্তর প্রদেশে কতটা কাজ হয়েছে?

আমরা প্রত্যেক ছাত্র আর অধ্যাপকের ডাটা কম্প্যুটারাইজ করছি। স্কুলের ফার্নিচার, লাইট আর জলের জন্য সুবিধার জন্য আমাদের 500 কোটি টাকা এ্যালট করা হয়েছে।

একাধিক, 1,31,163 জন শিক্ষার্থী এই কর্মসূচির আওতায় স্কুলে ভর্তি হয়েছেন।

PRINCIPAL

চাচাজী! আসুন, ভীম সিং-য়ের সঙ্গে আপনার পরিচয় করিয়ে দিই। ও নিজের ক্ষেতে আখের চাষ করে।
নমস্কার, চাচাজী !
তোমার তো খুশী হওয়া উচিত যে, সরকার তোমার বাকী টাকা আখ উৎপাদকদের দেবে।
হ্যাঁ... এটা সত্যি ! আগে আমরা এই নিয়ে প্রচণ্ড অস্থির হয়ে ছিলাম।
2017 - 2018 আর্থিক বছরে উত্তর প্রদেশ সরকার 43,554 আখ চাষীদের 27,729.48 কোটি টাকা দিয়েছে। উত্তর প্রদেশ রাজ্য দেশের চিনি উৎপাদন করে।
মুখ্যমন্ত্রী যোগী আদিত্যনাথ 2022 সালের আগে কৃষকদের উপার্জন দ্বিগুণ করে তুলতে চান।
আমি এই শৌচালয় দেখতে পেয়েছি। গোটা উত্তর প্রদেশে স্বচ্ছ ভারত অভিযানের অন্তর্গত 2.5 কোটি পরিবারের জন্য 1.71 কোটি শৌচালয় বানানো হয়েছে।

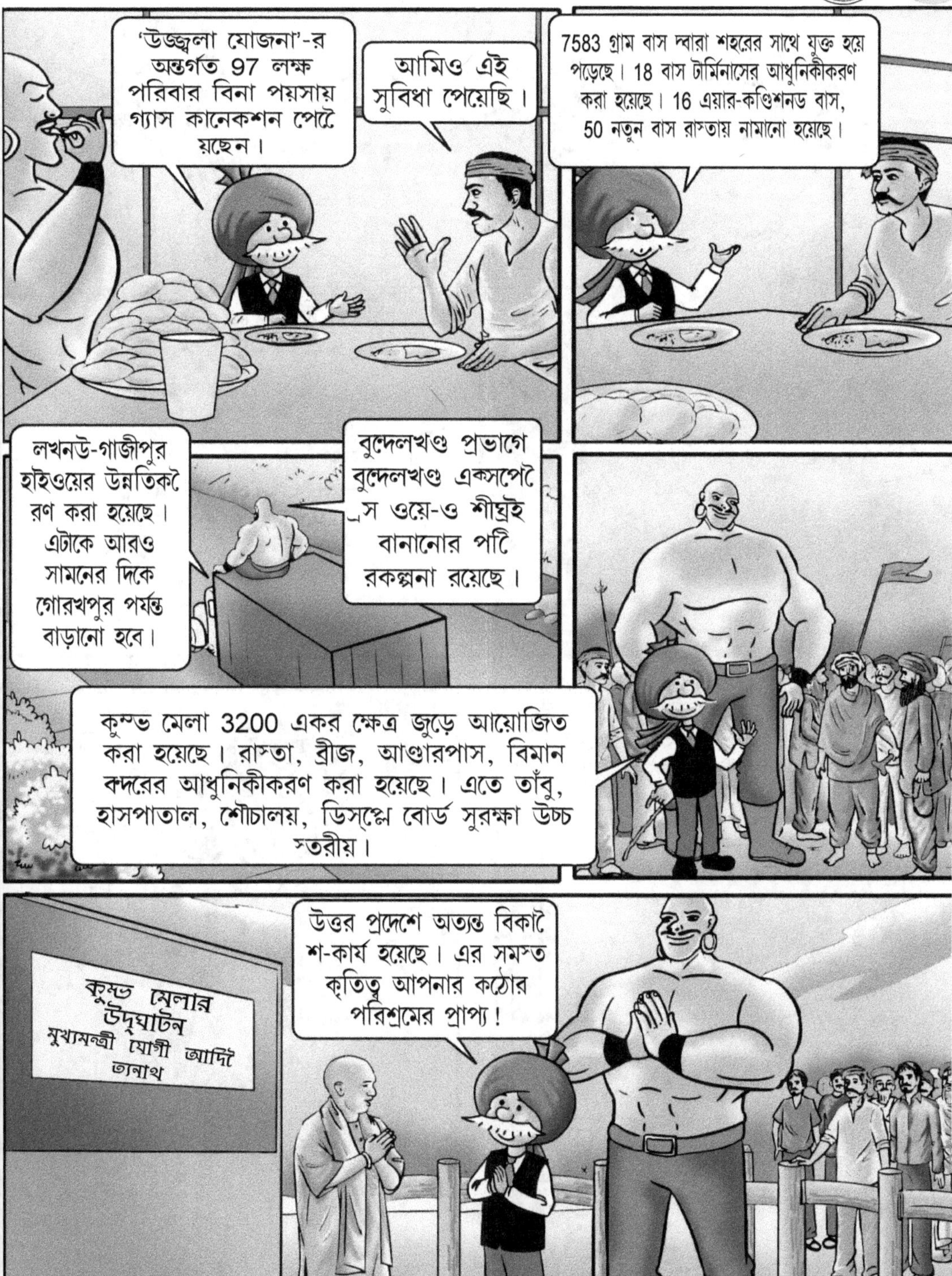

'উজ্জ্বলা যোজনা'-র অন্তর্গত 97 লক্ষ পরিবার বিনা পয়সায় গ্যাস কানেকশন পেয়েছেন।
আমিও এই সুবিধা পেয়েছি।
7583 গ্রাম বাস দ্বারা শহরের সাথে যুক্ত হয়ে পড়েছে। 18 বাস টার্মিনাসের আধুনিকীকরণ করা হয়েছে। 16 এয়ার-কণ্ডিশনড বাস, 50 নতুন বাস রাস্তায় নামানো হয়েছে।
লখনউ-গাজীপুর হাইওয়ের উন্নতিকরণ করা হয়েছে। এটাকে আরও সামনের দিকে গোরখপুর পর্যন্ত বাড়ানো হবে।
বুন্দেলখণ্ড প্রভাগে বুন্দেলখণ্ড এক্সপ্রেস ওয়ে-ও শীঘ্রই বানানোর পরিকল্পনা রয়েছে।
কুম্ভ মেলা 3200 একর ক্ষেত্র জুড়ে আয়োজিত করা হয়েছে। রাস্তা, ব্রীজ, আণ্ডারপাস, বিমান বন্দরের আধুনিকীকরণ করা হয়েছে। এতে তাঁবু, হাসপাতাল, শৌচালয়, ডিসপ্লে বোর্ড সুরক্ষা উচ্চ স্তরীয়।
কুম্ভ মেলার উদ্ঘাটন মুখ্যমন্ত্রী যোগী আদিত্যনাথ
উত্তর প্রদেশে অত্যন্ত বিকাশ-কার্য হয়েছে। এর সমস্ত কৃতিত্ব আপনার কঠোর পরিশ্রমের প্রাপ্য!

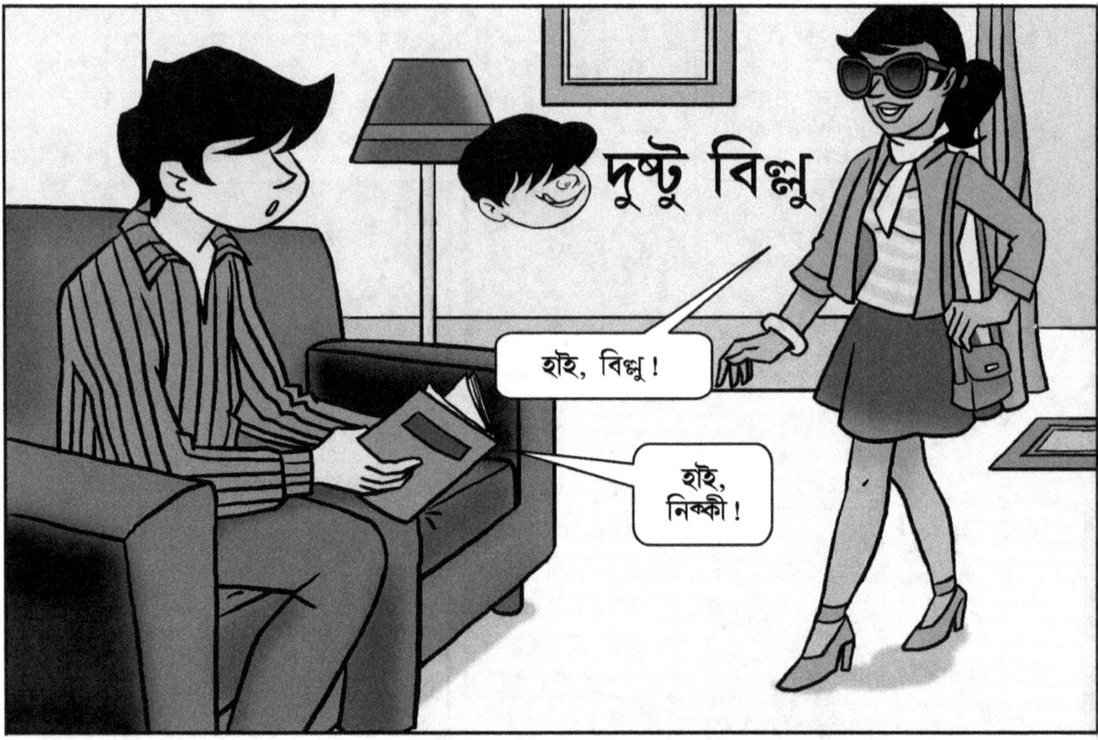

দুষ্টু বিল্লু

জানি। এই মেক-আপের জন্য... যেটা তুমি নিজের মুখে লাগিয়ে রেখেছ।
দুষ্টু ছেলে !

তুমি আমার ব্যাপারে ভালো-ভালো কিছু কথা বলো।
আর আমি প্রতিটি প্রশংসার বিনিময়ে তোমাকে কিছু-না-কিছু দেব।

প্রমিস ?
প্রমিস !

তাহলে শোন। তুমি খুব সুন্দর ড্রেস পরে আছো।

বাহ !
© PRAN'S FEATURES

থ্যাঙ্ক ইউ!

এই নাও চকোলেট!

আরও বলো।

তোমার চশমাটা খুবই সুন্দর!

www.chachachaudhary.com

এই
নাও !

না, আর
নয়।
আমার
কাছে
তোমাকে
দেওয়ার
মত জিনিষ
শেষ হয়ে
পড়েছে।

আচ্ছা,
এবার
মন থেকে
একটা
সত্যি কথা
বলব ?

হ্যাঁ-হ্যাঁ,
বলো।

এত কিছুর
পরেও
তোমাকে
মোটেই সুন্দর
দেখাচ্ছে না।

বজরঙ্গী পালোয়ান ! আমি তোমাকেই খুঁজছিলাম।
কেন ?
বিল্লু আর বজরঙ্গী

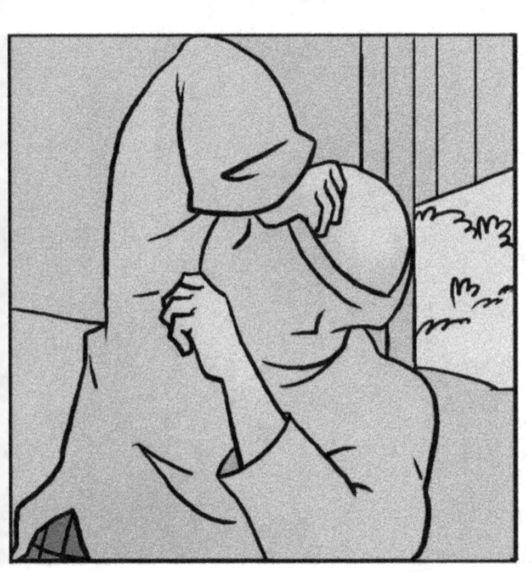

কাল তুমি কাউকে এমনটা বলছিলে যে, তুমি কখনো ভূত দেখোনি।

হ্যাঁ, বলেছি। তাতে কি হয়েছে ?
© PRAN'S FEATURES

আমি তোমাকে ভূত দেখাতে এসেছি।

সত্যি ?
দেখাও
ভূত।

এই আয়নায়
দেখো!

ঠাঠা হচ্ছে ? এখুনি
মজা দেখাচ্ছি।

ছাড়ব না
তোমাকে!

ওহো, ভুল
জায়গায় নাক
গলিয়ে
ফেলেছি।

পালোয়ানের হাত থেকে বাঁচতে এখানে লুকিয়ে পড়ি।
এখানেই কোথাও লুকিয়েছে... এখুনি খুঁজে বার করছি।

গেল কোথায় ?
আগুন লেগেছে... সবাই পালাও !

কোথায় আগুন লেগেছে ?

বলছি !
ওহো ! এটা তাহলে পালোয়ানের চালাকি ছিল ?

পালাও

কোথায় পালাবি, ছুঁচো ?

ওহো... পালোয়ান তো পেছনেই পড়ে গেছে। বাঁচব কি করে ?

একটা রাস্তা আছে।

www.chachachaudhary.com

বিল্লু অাইস গেম

জোজী ! এমন আবহাওয়ায় শিমলা আসার মজাই আলাদা !
© PRAN'S FEATURES

চার দিকে বরফ পড়ছে !
© PRAN'S FEATURES

বাহ !

এসো, আমরা বরফে আইস গেম খেলি !

আমিও আইস গেম খেলব।

বড় গোলা !

ভড়াক্!

গুঁর র র !!

অনেক কষ্টে তৈরী হয়েছে আইস বয়!

আমিও অনেক কষ্টে এই বড় আইস বল বানিয়েছি।

আইস বয়কে সহজেই খতম করার জন্য!

হো ! হো !! হো !!!

এই পালোয়ান আমাদের এখানে কোন কিছুই করতে দেবে না।

এর কোন ব্যবস্হা করতেই হবে।

একটু পরে...!
হে ! হে !!

এ্যই !! তোমরা বরফের ওপরে লাফালে আমিও লাফাব।

চলে এসো।

হে! হে!!

ক্র্যা!
ড্যা!
ক্র!
আরে!

আমি তো ফেঁসে গেছি।

আমি জানতাম যে, তোমার মত ওজনের কেউ...!
... এখানে লাফালে বরফের পরত ভেঙে যাবে।

এবার তুমি এখানেই ফেঁসে থাকো।
www.chachachaudhary.com

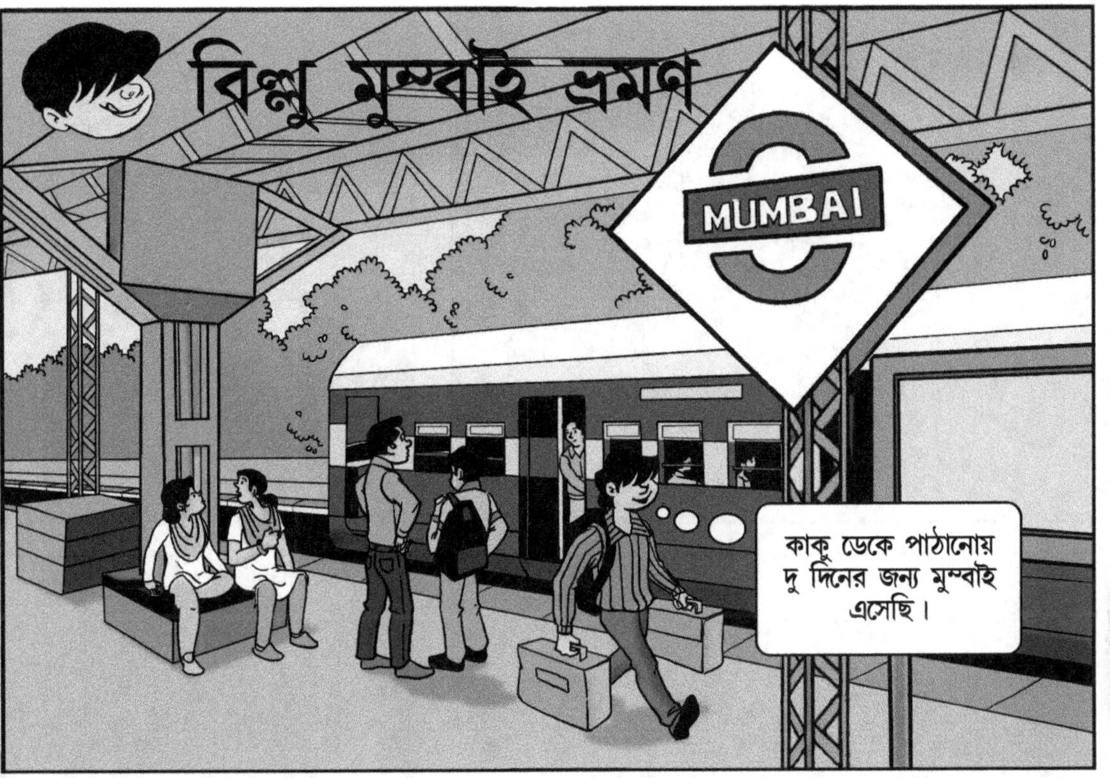

বিল্লু মুম্বাই ভ্রমণ

গেটওয়ে অফ্ ইন্ডিয়া !

ফ্লোরা ফাউন্টেন !

অজন্তা-ইলোরার গুহা !

মাউন্ট মেরী চার্চ ! বাহ ! !

চৌপাটি... গ্রেট !
© PRAN'S FEATURES

এবার সমুদ্র স্নানের মজা ওঠানো যাক।

দারুণ মজা আসছে !

আরে... ওটা কি ?

বুওও ! !
আঙ্গ ঈ ঈ !

হো ! হো ! !
এ আবার কি ঝামেলা ! ?

ও এই ভাবে লোকেদের বিরক্ত করে ! চলো, অন্য কোথাও যাওয়া যাক।

এই জায়গাটা ভালো !

ওহো ! ও এখনও এসে গেছে।
ব৩৩ ! !

আমরা যেখানেই যাব... ও জলের নীচ দিয়ে সেখানে পৌঁছে যাবে।

ওকে মজা চাখাতে হবে।

চলো, ওদিকে যাই।
CAUTION
সাবধান ! বিপজ্জনক মাছেদের এলাকা

ওরা ওদিকে যাচ্ছে।
আমিও ওদিকে চলি।

ওহো...
বিপজ্জনক মাছ !

আঁঈ !!
পালাও !

এবার এই সমুদ্রে স্নান
করার সময় কেউ আমাদের
বিরক্ত করবে না।
www.chachachaudhary.com

বিল্লু
তারের বাঙ্গিল
লনে বেড়া লাগানোর জন্য বাবা এই তার কিনেছেন।

আমি অফিস যাচ্ছি, বিল্লু! তুমি কোন মজদুরের সহায়তা নিয়ে এই তারের বাঙ্গিল বাড়ী নিয়ে যেও।

ও.কে., বাবা!

মজদুরের কোন প্রয়োজন নেই।
আমি একাই এটা উঠিয়ে বাড়ী
নিয়ে যেতে পারব।

পয়সা বাঁচবে... উঁহ!

উঁহ!

ওহো! ওঠাতে গিয়ে
আমি তারের বান্ডিল
খুলে ফেলেছি।

এবার তো কোন
মজদুরকে ডাকতেই
হবে।

এটা তোমার বাড়ী পর্যন্ত নিয়ে যেতে একশো টাকা লাগবে।

একশো টাকা ?
হ্যাঁ !

একশো টাকা তো অনেক বেশী।
আমি ছাড়া তুমি এখানে আর কোন মজদুর পাবে না... তাই একশো টাকাই লাগবে।

এ তো তুমি পরিস্হিতির লাভ ওঠাচ্ছ !

যা খুশী মনে করতে পারো।

ঠিক আছে,
নিয়ে চলো।

বান্ডিল তো
খুলে গেছে।

চলো !

ওফ্ হো! তার আমার গোটা শরীরে জড়িয়ে যাচ্ছে।
ওফ্ হো!
ব্যস্... বাড়ী এসে গেছে।
এর থেকে বার হতে পাঁচশো টাকা লাগবে।
এই নাও, তোমার একশো টাকা।
আমি তারে জড়িয়ে গেছি... আমাকে এর থেকে বার করো!
নয়তো এই ভাবেই জড়িয়ে থাকো।

বিল্লু স্বীট হোম

জোজী! আমি শেষ পেরেক পুঁতে দিয়েছি। আমাদের 'স্বীট হোম' রেডী!
গরমের ছুটিতে আমরা এখানে থাকব।
বিল্লু! গরমের হাত থেকে বাঁচার কোন উপায় থাকলে ভালো হত।

বাচ্চারা! সবাই গরমের ছুটী কাটাতে হিল স্টেশনে গেছে। তোমরা যাওনি কেন?
আমরা কি করে যাব?

হিল স্টেশন যাওয়ার আর সেখানে হোটেলে থাকার জন্য টাকা চাই... যেটা আমাদের কাছে নেই। এজন্য আমরা কাঠের পাটাতন দিয়ে এই কুটির বানিয়েছি।

তোমরা চাইলে আমি তোমাদের বিনা খরচে হিল স্টেশন পাঠাতে পারি।
ঠাট্টা আমার একটুও পছন্দ নয়।

তুমি কি এটা জানো না যে, উনি হচ্ছেন চাচা চৌধুরী আর উনি মুখে যা বললেন... কাজেও সেটা করে দেখান ?

ক্ষমা করবেন... আমার ভুল হয়ে গেছে। আপনি আমাদের হিল স্টেশনে কি করে পাঠাবেন ?
তোমরা দুজনে কুটিরের ভিতরে যাও।

সাবু ! বিল্লুদের কুটিরটাকে তুলে পাহাড়ে পৌঁছিয়ে দাও।
হয়ে যাবে।

হু-হুবা-হুবা ! !
কুটির থাকায় তোমাদের হোটেল ভাড়াও দিতে হবে না।
সাবু পুরো কুটির উঠিয়ে নিয়েছে।
আমরা দোল খাচ্ছি।

এমনটা সাবুর চলার জন্য হচ্ছে।

দেখো, সাবু কুটির উঠিয়ে নিয়ে আসছে।

এটা কোথায় রাখব ?
আরও ওপরের দিকে নিয়ে চলো... একেবারে পাহাড়ের চূড়োয় !

আচ্ছা, এবার আমি চলি। তোমরা এখানে ছুটি কাটাও।
ধন্যবাদ !
আবহাওয়া বড়ই সুন্দর! একটু বাইরে পায়চারী করে আসি।
ওহো !
তুমি এটা ভুলে গিয়েছিলে যে, আমরা পাহাড়ের চূড়োয় রয়েছি।
বাঁচাও !
আমার হাত ধরার চেষ্টা করো।

ধরে রাখো! আমি ধীরে-ধীরে তোমাকে ওপরে টেনে নেব।

ধন্যবাদ, জোজী!

ওহো! কুটির শুকনো পাতার মত নড়ছে।

তীব্র হাওয়া আমাদের কুটিরকে উড়িয়ে নিয়ে চলেছে।

ঐ দেখো!
কুটির উড়ছে।
আগে কখনো এমন দৃশ্য দেখিনি।

হাওয়ার গতি কিছুটা কমেছে।

আমরা নীচের দিকে নেমে আসছি।

ওহো... এই ঝটকা কিসের ?
মনে হচ্ছে, আমাদের কুটীর কোন একটা জায়গায় এসে থেমেছে।
কিন্তু কোথায় ?

এ্যাঁ ? ?